CINCO MONITOS
Colección de oro

FIVE Little MONKEYS
Storybook Treasury

Eileen Christelow

Houghton Mifflin Harcourt
Boston   New York

Five Little Monkeys Jumping on the Bed copyright © 1989 by Eileen Christelow;
translated by Victoria Ortiz

Five Little Monkeys Sitting in a Tree copyright © 1991 by Eileen Christelow;
translated by Victoria Ortiz

Five Little Monkeys with Nothing to Do copyright © 1991 by Eileen Christelow;
translated by Victoria Ortiz

Five Little Monkeys Bake a Birthday Cake copyright © 1992 by Eileen Christelow;
translated by Victoria Ortiz

Five Little Monkeys Wash the Car copyright © 2000 by Eileen Christelow;
translated by Carlos Calvo

ISBN: 978-0-547-74593-0

Printed in China

LEO 10 9 8 7 6 5 4 3 2 1

4500342434

Contents Índice

The mama called the doctor. The doctor said,

FIVE LITTLE MONKEYS JUMPING ON THE BED . . . AND INTO PRINT!

I grew up with books. As a preschooler, a favorite time of day was when my parents would come home from work, relax on the couch, and read picture books to me. At an early age, I realized the necessity of learning to read when, as a punishment for accidentally locking my parents out of their bedroom, I had to go without story time for a week! It was agony! Worse than a spanking! After that I often dreamed I could read all by myself: picture books, entire newspapers, my father's mysteries . . . but always when I woke up, I still could not unlock the code of reading. Despite this setback, I became a full-fledged bookworm at an early age.

I continued the story-time tradition with my own daughter, Heather. We went to the library once or twice a week. We read before naptime and bedtime and times in between. What an education for a graphic designer/illustrator/photographer like myself who was hoping to learn the craft of creating picture books!

Heather introduced me to two Five Little Monkeys rhymes when she was in preschool: *"Five little monkeys jumping on the bed . . ."* and *"Five little monkeys sitting in a tree, teasing Mr. Crocodile . . ."* I immediately thought they were wonderful material for a picture book, but since I was working on other stories, I tucked them away for a future project.

My first book, *Henry and the Red Stripes,* was published in 1982. My daughter was nine. Five years and several books later, I pulled out the monkey rhymes and tackled the problem of transforming them into 32-page picture books. As I drew and made dummies for the "jumping on the bed" rhyme, the monkeys took on a life of their own.

"NO MORE MONKEYS JUMPING ON THE BED!"

I read one of my dummies to a kindergarten class. I was astonished! The kids took over "reading" the book (they knew the rhyme); all I had to do was turn the pages. And the surprise ending was a big hit! That day the monkeys made their debut and it boded well for their enthusiastic acceptance by children around the world.

Five Little Monkeys Jumping on the Bed was published a year later, in 1989, and was met with instant success. Children loved the monkeys' antics! The book received critical success as well. *Booklist* described the book as "pure silliness—just the kind kids like." The monkeys were a hit. *Five Little Monkeys Sitting in a Tree* followed a few years later.

Many books—*Letters from a Desperate Dog, VOTE!, Where's the Big Bad Wolf?, The Great Pig Search*—and many years later, the little monkeys and their harried mama continue to insert themselves into my work: I might start a project with one character in mind and before I know it the five little monkeys and their lively antics have taken over. The result? To date there are seven books about the five little monkeys, the first five of which appear in this treasury.

I should also give credit for some of these stories to the schoolchildren I've visited with around the country. My program at schools always includes a group effort at developing a story. I draw while the kids come up with ideas—often about the monkeys. *Five Little Monkeys Wash the Car* and *Five Little Monkeys with Nothing to Do* were inspired by requests for a story about monkeys and cars. I know: *Five Little Monkeys with Nothing to Do* isn't about a car! But over the years I've found my stories develop in the most circuitous ways.

—Eileen Christelow

9

Mamá llamó al médico y el médico le dijo,

CINCO MONITOS BRINCARON EN LA CAMA... Y EN LA IMPRENTA!

Me crié entre libros. Cuando estaba en preescolar, lo que más me gustaba era esperar a que mis padres llegaran de trabajar, se sentaran en el sofá y me leyeran un cuento. Ya de pequeña me di cuenta de la importancia de saber leer cuando mis padres me castigaron una semana sin cuentos por haber cerrado accidentalmente la puerta de su habitación y haberlos dejado fuera. ¡Fue una verdadera agonía! ¡Fue peor que un azote! Desde ese momento empecé a soñar que podía leer de todo: libros ilustrados, periódicos enteros, los libros de misterio de mi padre... pero cada vez que despertaba seguía sin poder descifrar el código de la lectura. A pesar de ese contratiempo, pronto me convertí en una rata de biblioteca, con todas las de la ley.

La tradición de la hora del cuento continuó con Heather, mi hija. Íbamos a la biblioteca una o dos veces por semana. Leíamos antes de la siesta, antes de acostarnos por la noche, y entre medio. Para una diseñadora gráfica, ilustradora y fotógrafa como yo, era la manera perfecta de aprender lo que quería: ¡el arte de crear libros ilustrados!

Cuando Heather estaba en preescolar me mostró por primera vez dos rimas de los cinco monitos: "Cinco monitos brincando en la cama..." y "Cinco monitos subidos a un árbol, molestando al señor cocodrilo..." Inmediatamente pensé que era un material ideal para un libro ilustrado, pero como estaba trabajando en otros cuentos, las dejé a un lado como un proyecto futuro.

En 1982 se publicó mi primer libro, *Henry and the Red Stripes* (Henry y las tiras rojas). Mi hija tenía nueve años. Cinco años y varios libros después recuperé las rimas de los monitos e intenté resolver el problema de transformarlas en libros ilustrados de 32 páginas. Mientras hacía bocetos y escribía borradores para la rima de "saltando en la cama", los monos empezaron a tener vida propia.

—¡NADA DE MONITOS BRINCANDO EN LA CAMA!

Leí unos de los borradores en una clase de prescolar. ¡Me quedeasombrada! Los niños se encargaron de "leer" el libro (ya sabían la rima); yo sólo tenía que pasar las hojas. ¡Y el final sorpresa fueun éxito total! Ese día los monitos hicieron su debut y fue una buena predicción de la gran aceptación que han tenido entre losniños de todo el mundo.

Five Little Monkeys Jumping on the Bed (Cinco monitos brincando en las cama) se publicó un año después, en 1989, y fue un éxito inmediato. ¡A los niños les encantaron las travesuras de los monitos! El libro recibió excelentes críticas. *Booklist* lo describió como "pura gracia, tal como les gusta a los niños". Los monitos eran un éxito. Unos años más tarde aparecía *En un árbol están los cinco monitos*.

Muchos años y muchos libros después, los monitos y su agobiada mamá siguen apareciendo en mi trabajo. Es posible que comience un cuento teniendo en mente un personaje y que, sin darme cuenta, los cinco monitos y sus divertidas travesuras lo reemplacen. ¿Saben cuál es el resultado? Que hasta la fecha hay siete libros sobre los cinco monitos, y los cinco primeros forman parte de esta colección.

Por algunos de estos cuentos debo darles las gracias a los estudiantes que he visitado por todo el país. El programa que llevo a cabo en las escuelas siempre incluye crear un cuento en grupo. Cuando los niños proponen ideas, yo las dibujo. Y generalmente sus ideas son sobre monitos. *Five Little Monkeys Wash the Car* (Cinco monitos lavan el auto) y *Five Little Monkeys with Nothing to Do* (Cinco monitos sin nada que hacer) fueron una inspiración a pedido, al solicitarme que escribiera un cuento sobre monos y autos. Ya lo sé, *Five Little Monkeys with Nothing to Do* no tiene que ver con autos, pero con los años he descubierto que mis cuentos surgen de las maneras más extrañas.

—Eileen Christelow

FIVE Little MONKEYS
jumping on the bed

CINCO MONITOS
brincando en la cama

It was bedtime. So five little monkeys took a bath.

Llegó la hora de dormir, y los cinco monitos se bañaron.

Five little monkeys put on their pajamas.

Los cinco monitos se pusieron las piyamas.

Five little monkeys brushed their teeth.

Los cinco monitos se lavaron los dientes.

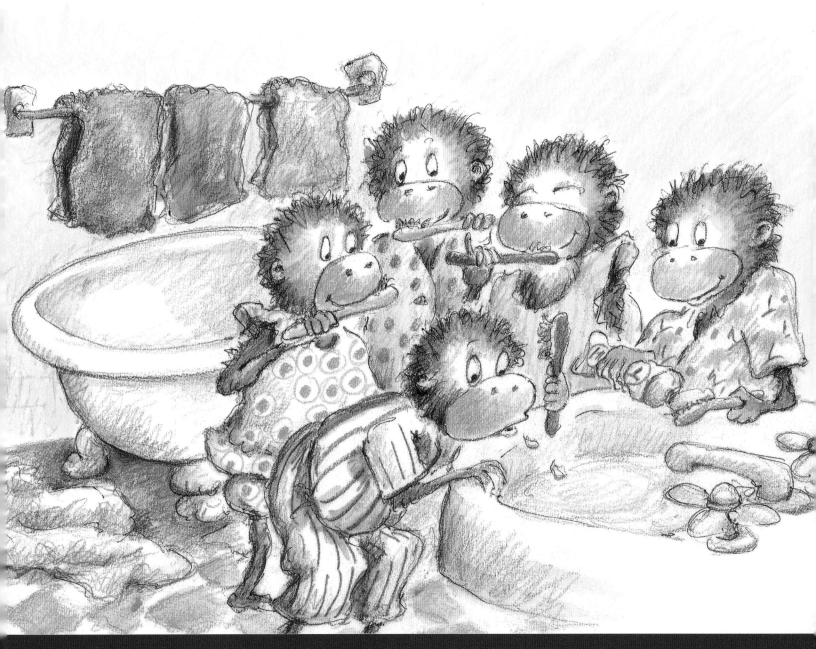

Five little monkeys said good night to their mama.

Los cinco monitos le dijeron buenas noches a su mamá.

Then . . . five little monkeys jumped on the bed!

Y entonces... ¡en la cama brincaron los cinco monitos!

One fell off and bumped his head.

Uno se cayó y se golpeó la cabecita.

The mama called the doctor. The doctor said,

Mamá llamó al médico y el médico le dijo,

"No more monkeys jumping on the bed!"

—¡Nada de monitos brincando en la cama!

So four little monkeys . . .

Así que en la cama...

. . . jumped on the bed.

...brincaron cuatro monitos.

One fell off and bumped his head.

Uno se cayó y se golpeó la cabecita.

The mama called the doctor.

Mamá llamó al médico

The doctor said,

y el médico le dijo,

"No more monkeys jumping on the bed!"

—¡Nada de monitos brincando en la cama!

So three little monkeys jumped on the bed.

Así que en la cama brincaron tres monitos.

One fell off and bumped her head.

Una se cayó y se golpeó la cabecita.

The mama called the doctor.

Mamá llamó al médico

The doctor said,

y el médico le dijo,

"No more monkeys jumping on the bed!"

—¡Nada de monitos brincando en la cama!

So two little monkeys jumped on the bed.

Así que en la cama brincaron dos monitos.

One fell off and bumped his head.

Uno se cayó y se golpeó la cabecita.

The mama called the doctor.

Mamá llamó al médico

The doctor said,

y el médico le dijo,

"No more monkeys jumping on the bed!"

—¡Nada de monitos brincando en la cama!

So one little monkey jumped on the bed.

Así que en la cama brincó una monita.

She fell off and bumped her head.

Ésta se cayó y se golpeó la cabecita.

The mama called the doctor.

Mamá llamó al médico

The doctor said,

y el médico le dijo,

"NO MORE MONKEYS JUMPING ON THE BED!"

—¡NADA DE MONITOS BRINCANDO EN LA CAMA!

So five little monkeys fell fast asleep. "Thank goodness!" said the mama.

Así que cinco monitos se durmieron calladitos. —¡Ya era hora! —dijo Mamá.

"Now I can go to bed!"

—¡Ahora yo me puedo ir a dormir!

FIVE Little MONKEYS
sitting in a tree

CINCO MONITOS
subidos a un árbol

Five little monkeys and their mama
walk down to the river for a picnic super.

Al rio van Mamá y los cinco monitos,
a cenar al aire fresco.

Mama spreads out a blanket
and settles down for a snooze . . .

Mamá se acuesta en una manta
y se toma una corta siesta...

. . . while five little monkeys
climb a tree to watch Mr. Crocodile.

...mientras los cinco monitos trepan a un árbol
para mirar a Don Cocodrilo.

Five little monkeys, sitting in a tree,
tease Mr. Crocodile, "Can't catch me!"

Subidos al árbol están los cinco monitos.
—¡Agárrenos, Don Coco! —le dicen a gritos.

Along comes Mr. Crocodile . . .

Abre la boca Don Cocodrilo y...

Oh, no! Where is she?

¡Ay, no! ¿Dónde está la monita?

Four little monkeys, sitting in a tree,
tease Mr. Crocodile, "Can't catch me!"
Along comes Mr. Crocodile . . .

Subidos al árbol están los cuatro monitos.
—¡Agárrenos, Don Coco! —le dicen a gritos.
Abre la boca Don Cocodrilo y...

SNAP!

¡KRAK!

Oh, no! Where is he?

¡Ay, no! ¿Dónde está el monito?

Three little monkeys, sitting in a tree,
tease Mr. Crocodile, "Can't catch me!"
Along comes Mr. Crocodile . . .

Subidos al árbol están los tres monitos.
—¡Agárrenos, Don Coco! —le dicen a gritos.
Abre la boca Don Cocodrilo y...

Oh, no! Where is he?

¡Ay, no! ¿Dónde está el monito?

Two little monkeys, sitting in a tree,
tease Mr. Crocodile, "Can't catch me!"
Along comes Mr. Crocodile . . .

Subidos al árbol están los dos monitos.
—¡Agárrenos, Don Coco! —le dicen a gritos.
Abre la boca Don Cocodrilo y...

Oh, no! Where is she?

¡Ay, no! ¿Dónde está la monita?

Now there's only one little monkey,
sitting in a tree, teasing Mr. Crocodile,
"Can't catch me!"
Along comes Mr. Crocodile.

En el árbol está el último monito.
"¡Agárreme, Don Coco!" le dicen a gritos.
Abre la boca Don Cocodrilo y...

Oh, no! There are no little monkeys sitting in the tree. But, wait! Look!

¡Ay, no! ¡Ya no hay monitos subidos al árbol! Pero, ¡espera! ¡Mira!

Five little monkeys, sitting in the tree!

1 2 3 4 5

¡En el árbol si están los cinco monitos!

Their mama hugs them.

Mamá los abraza.

Their mama scolds them.
"Never tease a crocodile.
It's not nice—and it's dangerous."

Mamá los regaña:
—¡Nunca molesten a un cocodrilo!
No está bien… ¡y es muy peligroso!

73

Then five little monkeys and their mama
eat a delicious picnic supper.

Los cinco monitos y su mamá
cenan juntos al aire fresco.

And they do not tease Mr. Crocodile again!

Y nunca vuelven a molestar a Don Cocodrilo!

FIVE Little MONKEYS
with nothing to do

CINCO MONITOS
sin nada que hacer

It is summer. There is no school.
Five little monkeys tell their mama,
"We're bored. There is nothing to do!"
  "Oh yes there is," says Mama.
"Grandma Bessie is coming for lunch,
and the house must be neat and clean.

Los cinco monitos están aburridos.
—¡No hay nada que hacer!
  —¡Qué no! —les dice la Mamá—.
Abuelita Bessie viene a
comer, y la casa tiene que
estar aseada y limpia.

"So . . . you can pick
up your room."

—Así que...pueden
alzar su cuarto—.

Five little monkeys pick up and pick up and pick up . . .

Los cinco monitos ordenan y ordenan y ordenan...

. . . until everything is put away.

...hasta que todo está guardado.

"Good job!" says Mama.
"But we're bored again,"
say five little monkeys.
"There is nothing to do!"
"Oh yes there is," says Mama.
"You can scrub the bathroom. The
house must be neat and clean
for Grandma Bessie."

—¡Buen trabajo! —dice Mamá.
—Pero estamos aburridos otra
vez, —dicen los cinco monitos—.
¡No hay nada que hacer!
— ¿Qué no? —dice Mamá—.
Pueden fregar el baño. La casa
tiene que estar ordenada y limpia
para la Abuelita Bessie.

So five little monkeys scrub and scrub and scrub until the bathroom shines.

Así que los cinco monitos friegan y friegan y friegan hasta que el baño brilla.

"Good job!" says Mama.

"But we're bored again,"
say five little monkeys.
"There is nothing to do!"

"Oh yes there is," says Mama.
"You can beat the dirt out of these
rugs. The house must be neat and
clean for Grandma Bessie."

—¡Buen trabajo! —dice Mamá.

—Pero estamos aburridos otra
vez, —dicen los cinco monitos—.
¡No hay nada que hacer!

— ¿Qué no? —dice Mamá—.
Pueden sacudir estas alfombras
y sacarles todo el polvo. La casa
tiene que estar ordenada y limpia
para la Abuelita Bessie.

Five little monkeys beat and beat and beat the rugs until there is not a speck of dirt left.

Los cinco monitos sacuden y sacuden y sacuden las alfombras hasta que no queda ni una mota de polvo.

"Good job!" says Mama.

"But we're bored again," say five little monkeys. "There is nothing to do!"

"Oh yes there is," says Mama. "You can pick some berries down by the swamp. Grandma Bessie loves berries for dessert."

—¡Buen trabajo! —dice Mamá.

—Pero estamos aburridos otra vez, —dicen los cinco monitos—. ¡No hay nada que hacer!

—¿Qué no? —dice Mamá—. Pueden recoger zarzamoras. A la Abuelita Bessie le encantan las zarzamoras como postre.

Five little monkeys run down to the muddy, muddy swamp.

Los cinco monitos se van corriendo al pantano lodoso.

They pick and pick and pick berries
until Mama calls, "It's time to come home!"

Recogen y recogen y recogen zarzamoras hasta que
Mamá les llama: —¡Es hora de volver a casa!

Five little monkeys run inside while Mama picks flowers.

"Put the berries in the kitchen," calls Mama. "Wash your faces and put on clean clothes."

Los cinco monitos se van corriendo a casa mientras Mamá corta
unas flores.

—Pongan las zarzamoras en
la cocina, —les grita Mamá—.
Lávense las caritas y pónganse
ropa limpia.

Five little monkeys
wash their faces . . .

Los cinco monitos
se lavan las caritas...

. . . and they put on clean clothes.
"Grandma Bessie is here!" calls Mama.

...y se ponen ropa limpia.
—¡Llegó la Abuelita Bessie!
—les grita Mamá.

Five little monkeys race outside.

Los cinco monitos salen corriendo de casa.

They hug and kiss Grandma Bessie.
"We've been busy all day!" they say.
"We cleaned the house and picked berries
just for you!"

"I love berries," says Grandma Bessie.
"And I love a clean house, too!"

They all go inside.

Le dan abrazos y besos a la Abuelita
Bessie. —Limpiamos la casa y recogi-
mos zarzamoras para ti, —le dicen.

—Me encantan las zarzamoras, —dice
la Abuelita Bessie—. ¡Y también me
encanta una casa limpia!

Todos entran en casa.

"Oh my!" says Grandma Bessie.
"Oh dear!" says Mama.
"Oh no!" say five little monkeys.
"Who messed up our nice, clean house?"

—¡Ay, válgame! —dice la Abuelita Bessie.

—¡Ay, Señor! —dice Mamá.

—¡Ay, no! —dicen los cinco monitos—. ¿Quién ensució nuestra casa ordenada y limpia?

"I can't imagine," says Mama.
"But whoever did has plenty to do!"

—No tengo ni idea, —dice Mamá—.
Pero sea quien sea, ¡ahora sí que tendrá
mucho que hacer!

FIVE Little MONKEYS
bake a birthday cake

CINCO MONITOS
hacen un pastel de cumpleaños

Five little monkeys wake up with the sun.
"Today is Mama's birthday!"

Los cinco monitos se levantan con el sol.
—¡Hoy es el cumpleaños de Mamá!

Five little monkeys tiptoe past Mama sleeping.
"Let's bake a birthday cake!"

Los cinco monitos pasan de puntillas
delante del cuarto donde duerme Mamá.
—¡Vamos a hacerle un pastel de cumpleaños!

"Sh-h-h! Don't wake up Mama!"

—¡Sh-h-h! ¡Qué no se despierte Mamá!!

One little monkey reads the recipe.
"Two cups of flour. Three teaspoons of baking powder.

Un monito lee la receta.
—Dos tazas de harina. Tres cucharaditas de levadura en polvo.

"Sift everything together.
But don't sneeze! You'll wake up Mama!"

—Tamícelo todo junto.
Pero ¡no estornudéis! ¡Vais a despertar a Mamá!

"Sh-h-h! Don't wake up Mama!"

—¡Sh-h-h! ¡Vais a despertar a Mamá!

Five little monkeys check on Mama.
"She's still asleep. We can finish making the cake."

Los cinco monitos van calladitos a ver cómo está Mamá.
—Todavía está durmiendo. Podemos terminar de hacer el pastel.

One little monkey reads the recipe.
"Add four eggs."
Four little monkeys each get some eggs.

Un monito lee la receta.
—Agregue cuatro huevos.
Cada monito toma unos huevos.

"And we need sugar and oil."
"Don't spill the oil!"

—Y necesitamos azúcar y aceite.
—¡No derraméis el aceite!

But one little monkey spills . . .

Pero un monito derrama...

. . . And another little monkey slips and falls.
"Sh-h-h! Don't wake up Mama!"

...Y otro monito resbala y se cae.
—¡Sh-h-h! ¡Vas a despertar a Mamá!

Five little monkeys check on Mama.
"She's still asleep. We can finish making the cake."

Cinco monitos van calladitos a ver cómo está Mamá.
—Todavía está durmiendo. Podemos terminar de
hacer el pastel.

One little monkey reads the recipe.
"Next, mix everything together and put it into pans.
Then bake the cake in the oven."

Un monito lee la receta.
—Ahora, mezcle todo junto y póngalo en moldes. Luego
ponga el pastel a cocer en el horno.

Another little monkey says, "Now we can go up
to our room and make a present for Mama."

Otro monito dice: —Ahora podemos subir al cuarto y hacer un
regalo para Mamá.

Five little monkeys start to make a present.
"Sh-h-h! Don't wake up Mama!"
One little monkey says, "Do you smell something burning?"

Los cinco monitos empiezan a hacer un regalo.
—¡Sh-h-h! ¡Vais a despertar a Mamá!
Un monito dice: —¿No huele a quemado?

Five little monkeys race past Mama sleeping.
"Sh-h-h! Don't wake up Mama!"

Los cinco monitos pasan corriendo delante del cuarto de Mamá.
—¡Sh-h-h! ¡Vas a despertar a Mamá!

"Oh no! The cake dripped all over."
"Turn off the oven!"
"Save the cake!"
"Sh-h-h! Don't wake up Mama!"

—¡Ay, no! ¡El pastel se derramó
por todas partes!
—¡Apaga el horno!
—¡Salva el pastel!
—¡Sh-h-h! ¡Vais a despertar a Mamá!

"Look! Here comes the fire engine!"
says one little monkey.
"Sh-h-h! Don't wake up Mama!"
says another little monkey.

—¡Mira! ¡Aquí viene el camión
de bomberos! —dice un monito.
—¡Sh-h-h! ¡Vais a despertar a Mamá!
—dice otro monito.

"Where's the fire?" shouts a fireman.
"It's not a fire!" sniffs one little monkey.
"We ruined Mama's birthday cake."

—¿Dónde está el incendio?
—grita un bombero.
—¡No es un incendio!
—lloriquea un monito—.
—Echamos a perder el pastel
de cumpleaños de Mamá.

"Wait!" says another little monkey.
"This cake doesn't taste TOO bad."
"Frosting might help," says the other fireman.

—¡Un momento! Este pastel
no está TAN mal.
—Si le ponen glaseado podría salvarse,
—dice otro bombero.

Five little monkeys and two firemen frost the cake.

Los cinco monitos y los dos bomberos glasean el pastel.

"Now we can wake up Mama!"

—¡Ahora podemos despertar a Mamá!

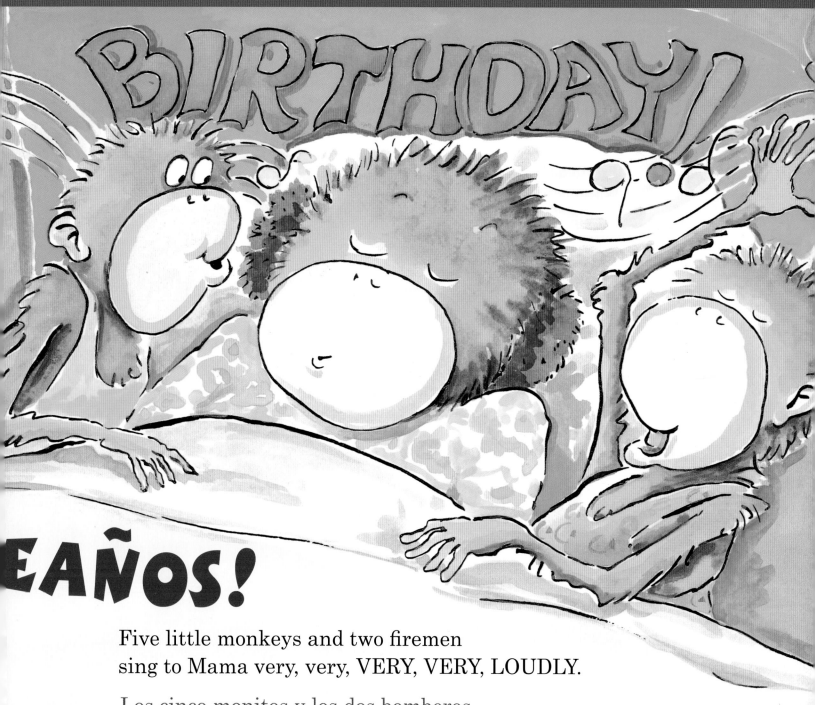

EAÑOS!

Five little monkeys and two firemen
sing to Mama very, very, VERY, VERY, LOUDLY.

Los cinco monitos y los dos bomberos
le cantan a Mamá muy, MUY, MUY FUERTE.

And Mama wakes up! "What a wonderful surprise,"
she says. "But my birthday is tomorrow!"
"Oh no!" say five little monkeys.
"But can we still have birthday
cake for breakfast?"
"Why not?" says Mama.

—¡Qué bonita sorpresa! —dice—.
¡Pero mi cumpleaños es mañana!
—¡Ay, no! —dicen los cinco monitos—.
Pero ¿podemos comer el pastel
de cumpleaños hoy, para el
desayuno?
—¿Por qué no? —dice
Mamá.

Five little monkeys, two firemen, and Mama think
the birthday cake is delicious.
One little monkey whispers, "We can bake another
cake tomorrow."
Another little monkey says, "Sh-h-h! Don't tell Mama!"

Los cinco monitos, los dos bomberos, y Mamá encuentran
delicioso el pastel de cumpleaños.
Un monito susurra: —Podemos hacer otro pastel mañana.
Otro monito dice: —¡Sh-h-h! ¡No se lo digas a Mamá!

FIVE Little MONKEYS
wash the car

CINCO MONITOS
lavan el auto

The five little monkeys,
and Mama, can never drive far
in their rickety, rattletrap
wreck of a car.

"I've had it!" says Mama.
"Let's sell this old heap!"
She makes a big sign that says,
CAR FOR SALE—CHEAP!

Los cinco monitos y su mamá
nunca conducen muy lejos
ya que tienen un auto arruinado, ruidoso,
y muy, pero que muy viejo.

—Ya lo tengo —dijo Mamá—.
¡Vendamos este cacharro!
Y hace un gran cartel que dice:
¡SE VENDE BARATO!

Then Mama goes in.
"There's some work I
should do."
"Okay," say the monkeys.
"We have work too!"

"This car is so *icky!*"
"So sticky and slimy!"
"How can we sell
an old car that's so grimy?"

Luego, Mamá entra en casa.
—Tengo cosas que hacer.
—Está bien —dicen los monitos—.
¡Nosotros también!

—¡Este auto está asqueroso!
—¡Está mugriento y
pegajoso!
—¿Cómo vamos a vender
un auto tan espantoso?

"I KNOW!" says one little monkey.

—¡YA SÉ! —dice un monito.

So two little monkeys
spray with a hose,
while three little monkeys
scrub the car till it glows.

Entonces, dos monitos
lo mojan con la manguera
mientras tres monitos
más lo friegan por fuera.

"But the car is still rusty!"
"It stinks! Oh, *pee-yew!*"
"No one will buy it."
"What can we do?"
"I KNOW!" says one little monkey.

—¡Pero el auto está oxidado!
—¡Y huele muy, pero que muy mal!
—¿Qué podemos hacer?
—¡Nadie lo va a comprar!
—¡YA SÉ! —dice un monito.

I KNOW!
¡YA SÉ!

Then four little monkeys
find paint in the shed.
Blue, yellow, and green,
purple, pink, and bright red.

Entonces cuatro monitos
buscan pintura en el cobertizo.
Azul, verde, morado, rosa,
rojo chillón y amarillo.

They paint the old car
with designs all around,
while one little monkey
sprays perfume he found.

Pintan el auto viejo
con muchos diseños
y le ponen perfume...
¡es el auto de sus sueños!

The five little monkeys
sit down and wait.
But no one comes by—
and it's getting late!

"The car looks terrific!"
"It smells so good too!"
"Maybe no one can see it here."
"What should we do?"

"I KNOW!" says one little monkey.

Los cinco monitos
se sientan a esperar.
Pero se está haciendo tarde
y nadie viene a comprar.

I KNOW!
¡YA SÉ!

—¡El auto está fantástico!
—¡Y además huele muy bien!
—Quizás no lo pueden ver.
—¿Qué podemos hacer?

—¡YA SÉ! —dice un monito.

So three little monkeys
start pushing the car.
The monkey who's steering
can't see very far.

Tres monitos empujan el auto
a más no poder.
Pero el monito que va
al volante apenas puede ver.

Then one little monkey
shouts, "Park it right here!
Wait! It's rolling too fast!
Can't you stop? Can't you steer?"

Entonces un monito grita:
—¡Apárcalo aquí!
—¡Espera! ¡Va muy deprisa!
—¿No puedes parar? ¿No lo
puedes dirigir?

The monkey who's steering
can't reach the brake.
The car rolls downhill to the . . .

El monito que va al volante
no llega a los frenos.
El auto baja por la colina hasta...

. . . BROWN SWAMPY LAKE!

... ¡CAER AL PANTANO DE LLENO!

"Well, now we're in trouble!"
"We're stuck in this goo!"
"We'll never get out."
"Oh, what can we do?"

"WE KNOW!" rumbles a voice from the swamp.

—¡Ahora sí tenemos un problema!
—¡Esta cosa está muy fea!
—¡Nunca saldremos de aquí!
—¿Alguien tiene alguna idea?

—¡NOSOTROS! —retumba una voz desde el pantano.

"The **CROCODILES!**"
five little monkeys all shout.
One crocodile says,
"*We'll* help you get out!"

—¡**COCODRILOS!** ¡**COCODRILOS!**
—gritan los monitos.
—Nosotros lo sacaremos de aquí
en cinco minutitos.

More crocodiles rise
from the wet swampy goo.
"We'll push this old car.
But YOU must push too."

Más cocodrilos
salen a empujar.
—Empujaremos este auto,
pero nos deben ayudar.

The monkeys all quake.
"What they say isn't true!"
"They'll eat us for supper!"
"Oh, what can we do?

"I KNOW!" says one little monkey.

Los monitos tiemblan.
—¡Los cocodrilos mienten!
—¡Nos quieren comer!
—¡Oh! ¿Qué podemos hacer?

—¡YA SÉ! —dice un monito.

"Oh, crocodiles!" she calls,
"I heard you were strong!
But if you need *our* help,
I must have heard wrong."

—¡Cocodrilos! —los llama—.
¡Tengo una duda!
Si son tan fuertes...¿por qué
necesitan nuestra ayuda?

"We're strong!" roar the crocs.
"We're the strongest by far!
And we can push anything
—even a car!"

—¡Somos muy fuertes!
¡Los más fuertes del planeta!
Podemos empujar cualquier cosa,
hasta un auto y una camioneta.

So they puff and they pant
till they look very ill.
But they push that old car
to the top of the hill.

Y empujan el auto
hasta lo alto de la colina,
resoplan y jadean
y se quedan sin energía.

Then one monkey whispers,
"We're *still* in a stew!
If they don't go home now,
what can we do?"

"I KNOW!" says one little monkey.

Entonces un monito susurra:
—¡Todavía nos quieren comer!
Si los cocos no se van,
¿qué podemos hacer?

—¡YA SÉ! —dice otro monito.

"Poor crocs!" say the monkeys.
"How tired you are!
You'll never walk home!
What you need is a . . .

—¡Pobrecitos! —dicen los monitos—.
¡Cocodrilos, están agotados!
No pueden caminar a casa.
Lo que necesitan es...

... CAR!"

The crocodiles buy it.
They pay with a check,
then climb right inside.
"We can use this old wreck!"

... ¡UN AUTO!

Los cocos lo compran.
¡No está mal este cacharro!
Pagan con un cheque,
y se suben al auto.

The monkeys all run
to tell Mama their tale.
"You might have been eaten!"
(She's turning quite pale.)

Los monitos van rápido
a contárselo todo a su mamá.
—¡Se los podrían haber comido!
¡Me voy a desmayar!

"We know!" say the monkeys.
"We're lucky, it's true.
But we *did* sell the car . . .
Can we buy one's that new?"

—¡Es cierto, tuvimos suerte!
—dicen los monitos—.
Pero vendimos el auto.
¿Compraremos otro nuevo?

The five little monkeys
and Mama go shop
for a fancy new car—
with a convertible top!

Los monitos
y Mamá se compran...
¡un fantástico auto nuevo
descapotable!

And the crocodiles?
They really like their old heap.
It's such a fine car
for a long summer's . . .

¿Y los cocodrilos?
Están encantados con su cacharro.
No sirve para conducir
Pero es ideal para...

. . . SLEEP!

¡DORMIR!

Learn How To Draw a Monkey!

Follow these steps and draw your very own monkey:

1 First draw a circle with two dots.

2 Add two big eyes.

3 This monkey needs fur.

4 And two ears!

5 And what about a mouth? Is he happy?

6 Or is your monkey sad?

7 And don't forget the eyebrows! They show how your monkey feels, too.

8 Here are some silly monkeys making funny faces. Look at their eyes, mouths, and eyebrows.

9 Here are some more monkeys. Can you give them silly faces?

10. Draw the rest of the monkey.

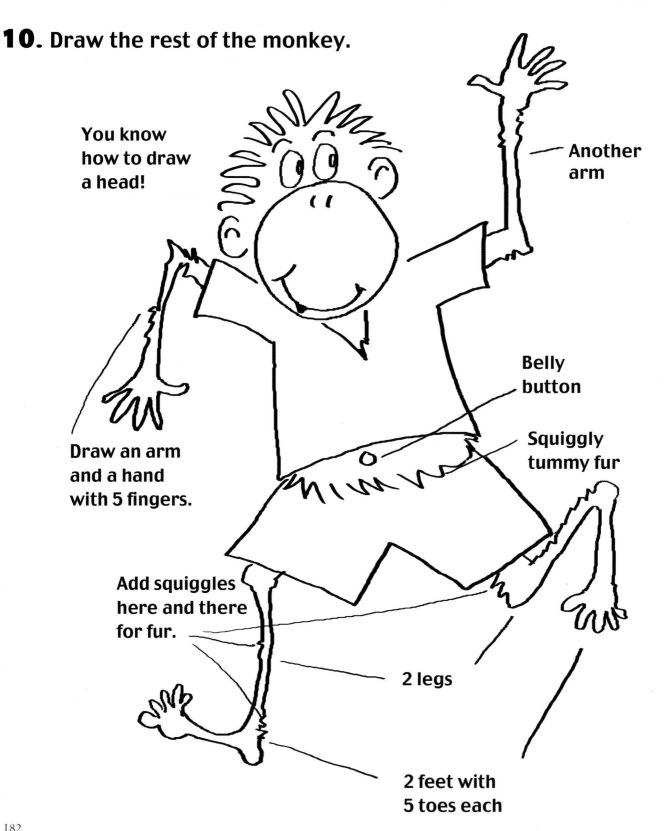

You know
how to draw
a head!

Another
arm

Draw an arm
and a hand
with 5 fingers.

Belly
button

Squiggly
tummy fur

Add squiggles
here and there
for fur.

2 legs

2 feet with
5 toes each

¡Aprende a dibujar un monito!

Sigue estos pasos y dibuja tu propio monito.

1 Primero dibuja un círculo con dos puntos.

2 Añade dos ojos grandes.

3 Este monito necesita pelo.

4 ¡Y dos orejas!

5 ¿Y la boca? ¿Está contento?

6 ¿O está triste?

7 ¡No te olvides de las cejas! También sirven para mostrar cómo se siente tu monito.

8 Aquí tienes algunos monitos divertidos haciendo muecas. Observa los ojos, la boca y las cejas.

9 Aquí hay más monitos. Termínalos. ¿Puedes hacerles caras divertidas?

10. Dibuja el resto del monito.

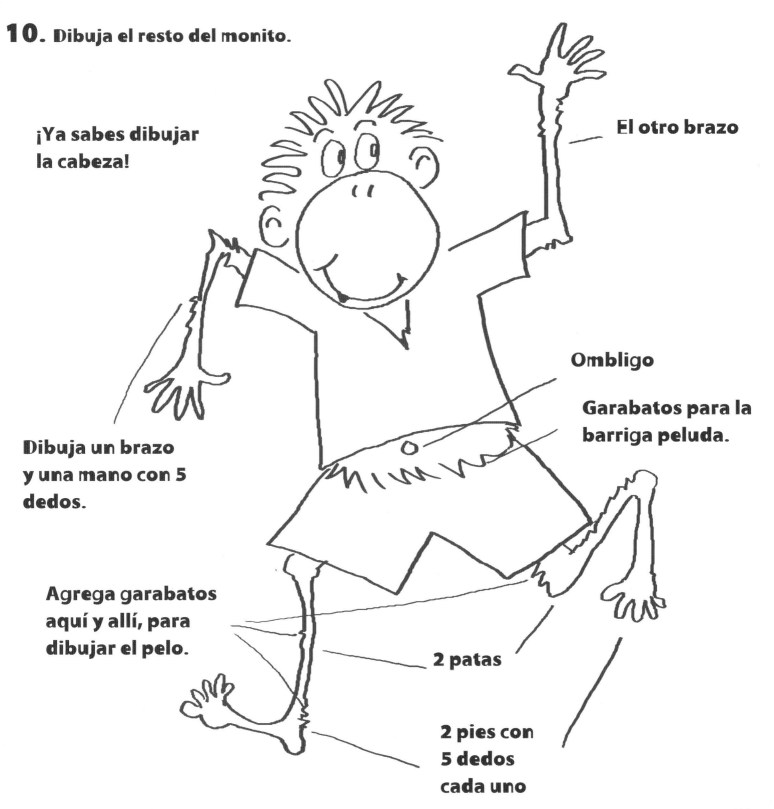

¡Ya sabes dibujar la cabeza!

El otro brazo

Dibuja un brazo y una mano con 5 dedos.

Ombligo

Garabatos para la barriga peluda.

Agrega garabatos aquí y allí, para dibujar el pelo.

2 patas

2 pies con 5 dedos cada uno

Eileen Christelow

Eileen Christelow was born in Washington, D.C., and grew up in a family of avid readers. It was in high school that she first made the leap from reader to writer, publishing her first stories in her high school's magazine.

After studying art history and drawing in college, she discovered a love of photography and began building a career as a photographer. Her interest in children's books was always strong, and after the birth of her daughter, she began thinking about writing one of her own. Her first book, *Henry and the Red Stripes,* was published in 1982.

Since then, she has written and illustrated numerous best-selling picture books including seven popular books about the Five Little Monkeys, *Letters from a Desperate Dog,* and *VOTE!*. She lives with her husband in Dummerston, Vermont, and you can learn more about her life and work on these websites, www.christelow.com and www.fivelittlemonkeys.com.

Eileen Christelow nació en Washington, D.C. y se crió en una familia de ávidos lectores. En la escuela secundaria pasó de ser lectora a ser escritora, y publicó sus primeros cuentos en la revista escolar.

En la universidad estudió historia del arte y dibujo; luego descubrió su amor por la fotografía y comenzó a desarrollar esta carrera. Siempre tuvo un gran interés por los cuentos para niños, y al nacer su hija decidió empezar a escribir los suyos. En 1982 publicó su primer libro, *Henry and the Red Stripes* (Henry y las tiras rojas).

Desde entonces ha escrito e ilustrado numerosos cuentos, entre ellos siete populares libros sobre los Cinco monitos, *Letters from a Desperate Dog* (Cartas de un pero desesperado), y *VOTE!* (¡VOTA!). Eileen Christelow vive con su esposo en Dummerston, Vermont. Para saber más de su vida y su trabajo, visita estas páginas web: www.christelow.com y www.fivelittlemonkeys.com.

Five Little Monkeys Jumping On the Bed

Traditional

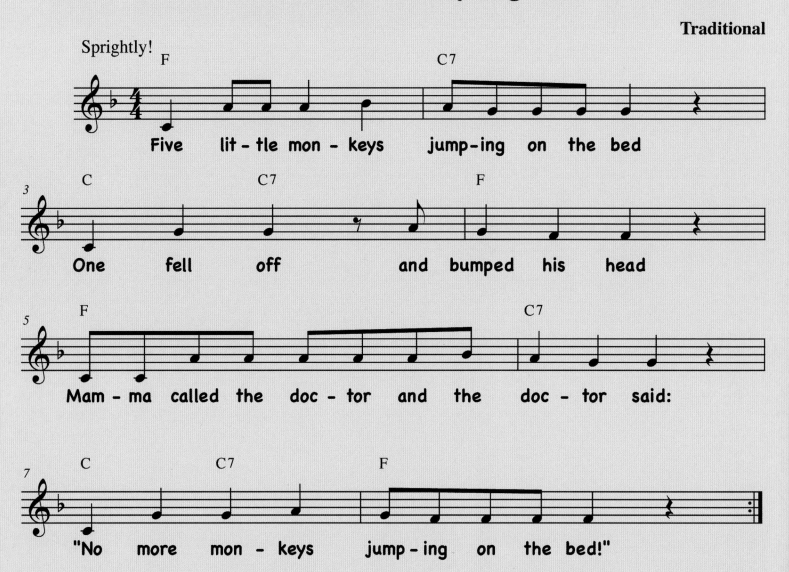

FIVE Little MONKEYS

Five little monkeys jumping on the bed
One fell off and bumped his head
Momma called the doctor and the doctor said
No more monkeys jumping on the bed!

Four little monkeys jumping on the bed
One fell off and bumped his head
Momma called the doctor and the doctor said
No more monkeys jumping on the bed!

Three little monkeys jumping on the bed
One fell off and bumped his head
Momma called the doctor and the doctor said
No more monkeys jumping on the bed!

Two little monkeys jumping on the bed
One fell off and bumped his head
Momma called the doctor and the doctor said
No more monkeys jumping on the bed!

One little monkey jumping on the bed
He fell off and bumped his head
Momma called the doctor and the doctor said
No more monkeys jumping on the bed!

A little tip for parents: as you sing this song to your children, hand motions or finger puppets go a long way towards bringing this rhyme to life. Count down with your fingers, making them jump like little monkeys for the beginning of each verse. Pretend to talk on the phone when Mama calls the doctor, and wag your index finger in a mock reprimand for the refrain. Or make up your own pantomimes. Above all, feel free to be silly and have fun!